Yesterday We Had A Hurricane

Ayer Tuvimos Un Huracán

Deirdre McLaughlin Mercier

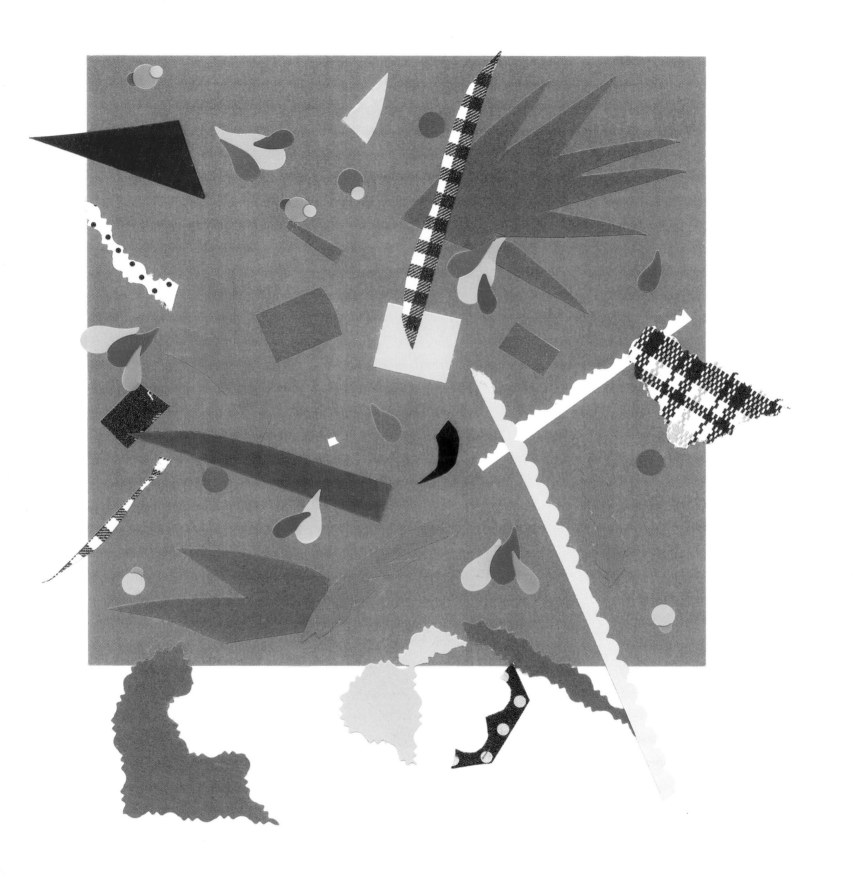

Yesterday, we had a hurricane!

ⓔⓔⓔ

¡Ayer tuvimos un huracán!

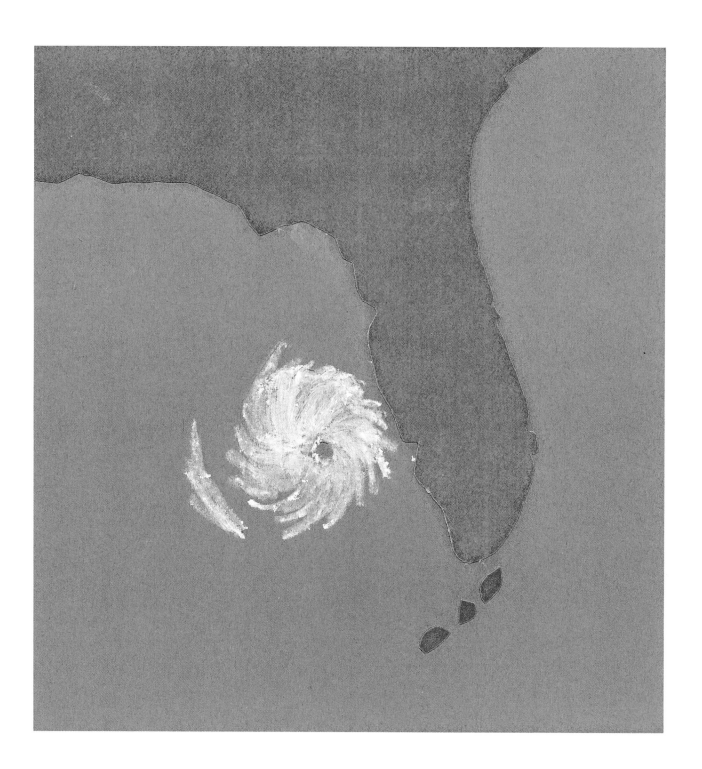

A hurricane is a big storm
that comes from the ocean.

ⓔⓔⓔ

Un huracán es una enorme
tormenta que viene del océano.

It was very, very windy.
Tree branches fell down.

@@@

Hacía mucho, mucho viento.
Las ramas de los árboles se cayeron.

tres ramas se cayeron

The wind was very loud.
It made a "swoosh" sound.

@@@

El viento era muy fuerte.
Hacía un sonido "zumbante."

My dog howled at the wind.
She ran around the house.
I petted her so she would feel safe.

@@@

Mi perrita le aullaba al viento.
Ella corría por toda la casa.
Yo la acaricié para que
se sintiera segura.

A tree fell on my grandmother's house.
She came to our house to be safe.

@@@

Un árbol cayó sobre la casa
de mi abuelita.
Ella vino a nuestra casa
para estar a salvo.

It rained very hard.
It made a "tap-tap" sound
on our windows.

@@@

La lluvia era muy fuerte.
Hacía un sonido "tap tap"
en nuestras ventanas.

Our yard got so much rain that we couldn't see the grass!
There was water **everywhere!**

☺☺☺

¡Nuestro jardín tenía tanta lluvia que no podíamos ver el pasto!
Había agua en **todas partes.**

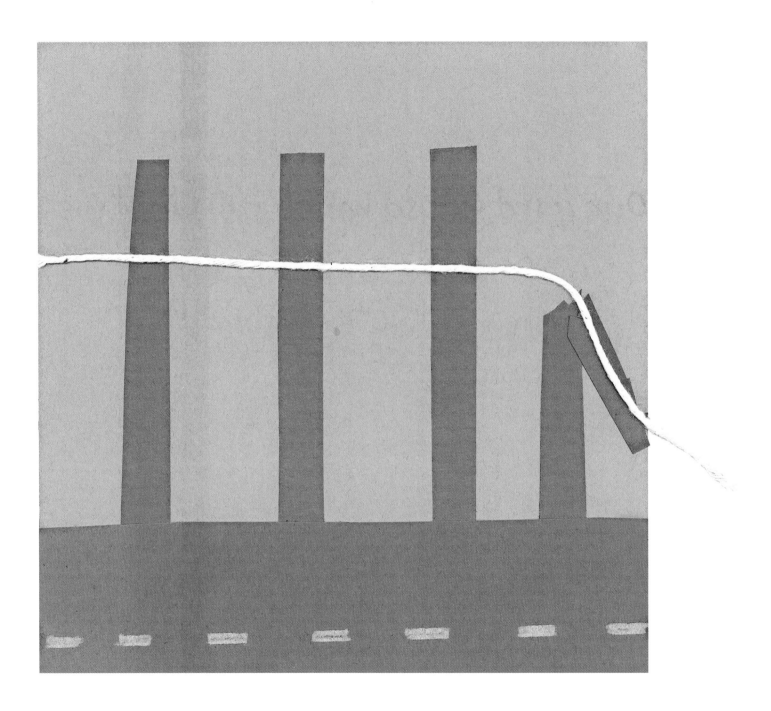

The wind blew so hard,
power lines came down.
We lost electricity.

☙☙☙

El viento soplaba tan fuerte
que se cayeron los postes de la luz.
Hubo un apagón.

That was scary!
But Mommy said it was okay
because we were safe.
We stayed close together.

ⓔⓔⓔ

¡Qué susto!
Pero Mami me dijo que no me
preocupara porque estábamos seguros.
Nos quedamos muy juntitos.

Candles and flashlights
helped us see in the dark.
They made funny shadows.

ⓔⓔⓔ

Las velas y las linternas nos
ayudaron a ver en la oscuridad.
Con ellas hicimos sombras
muy divertidas.

BREAD

JELLY

PEANUT
BUTTER

Without power,
the stove wouldn't work.
Daddy made us peanut butter and jelly
sandwiches. They were good!

ɕɕɕ

Sin electricidad,
la estufa no funcionaba.
Pero Papá nos hizo sándwiches
de mantequilla de maní y mermelada.
¡Eran muy ricos!

Without power, I couldn't watch TV.
I played a board game instead.

@@@

Sin electricidad, no podía ver TV.
En lugar de eso, me entretuve
con un juego de mesa.

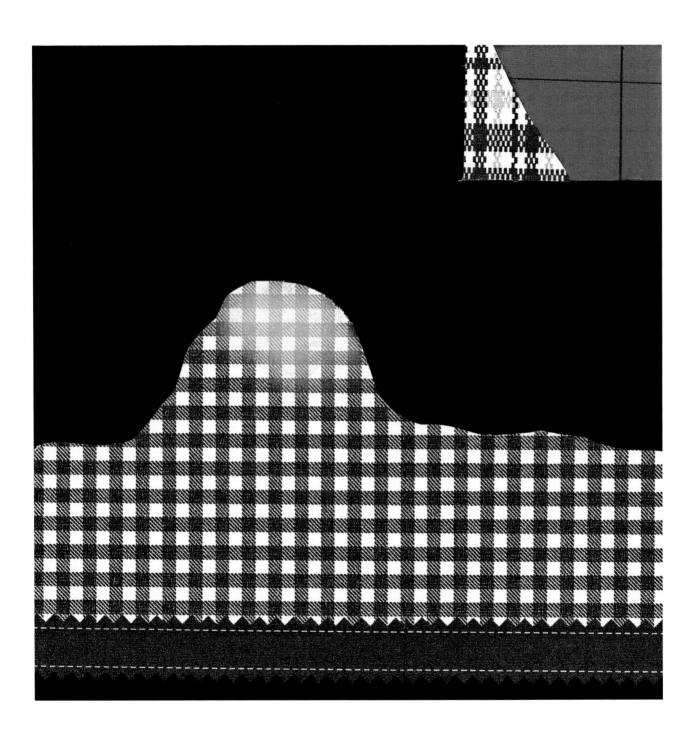

At bedtime, I played with
a flashlight under my blanket.
That was fun!

ⓔⓔⓔ

A la hora de dormir, jugué
con la linterna bajo mi manta.
¡Fue muy divertido!

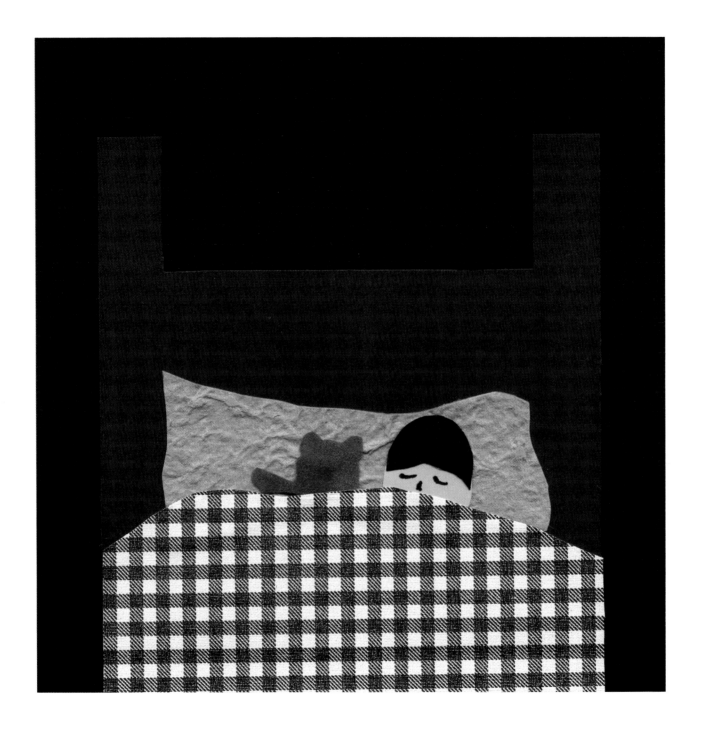

Last night I dreamed
that the hurricane went away
and left us a present.

ⓔⓔⓔ

Anoche soñé que el huracán
se había ido y que nos había
dejado un regalo.

And it did!
It left us a big mess!

ᘓᘓᘓ

¡Y lo hizo!
¡Nos dejó un enorme desorden!

ABOUT THE AUTHOR:

Deirdre Mercier has been an elementary school teacher and counselor for the past 20 years. A member of the Society of Children's Book Writers and Illustrators, she wrote *Yesterday We Had A Hurricane* for her preschool students after experiencing Hurricane Charley in 2004. She also works as a parenting educator, facilitating parenting groups on topics such as power struggles, discipline, communication, sibling rivalry, and adoption. This is her first published book. She lives with her family in Bradenton, Florida.

ACERCA DE LA AUTORA:

Durante los últimos 20 años, Deirdre Mercier ha sido una maestra y consejera de escuela primaria. Es miembro de la Society of Children's Book Writers and Illustrators y escribió *Ayer, Tuvimos Un Huracán* para sus alumnos del preescolar después del Huracán Charley en 2004. Ella también trabaja como educadora de padres, siendo facilitadora de reuniones de grupo de padres que abordan temas sobre problemas de autoridad, disciplina, comunicación, rivalidades entre hermanos y adopción. Éste es el primer libro que ha publicado. Ella vive con su familia en Bradenton, Florida.

This book belongs To:
Este libro le pertenece a:

_____

This book is dedicated to my Fledgling Falcons:
BJ, Colton, Fisher, James, Peter, Preston, Russell, Salina, TJ and William,
for whom this book was written. - DM

~~~

Este libro está dedicado a mis Falcones Novicios:
BJ, Colton, Fisher, James, Peter, Preston, Russell, Salina, TJ y William,
para quienes fue escrito este libro. - DM

Text and Illustration © 2006 by Deirdre McLaughlin Mercier

Layout and Design: Barcita & Barcita, Inc.
English Editor: Cindy Huffman
Spanish Translator/Editor: Strictly Spanish, LLC

The text is set in 36-point Kev. The illustrations are mixed media collage.

English Edition:
Library of Congress Control Number: 2005938181
ISBN: 978-0-9754342-5-3

Bilingual Edition (English & Spanish):
Library of Congress Control Number: 2005937553
ISBN: 978-0-9754342-9-1

First Impression - Hardcover

Proudly manufactured in the United States of America by Worzalla, Stevens Point, WI

Bumble Bee
PUBLISHING

A Division of Bumble Bee Productions, Inc.
www.bumblebeepublishing.com
www.yesterdaywehadahurricane.com